さくら館へ

森やすこ

思潮社

さくら館へ

森やすこ

目次

装幀＝思潮社装幀室

さくら館へ

さいごの旅

さいごの旅にでたところ
旅の時間はみじかい　同行者はおおい
にぎやかなさいごの旅にでられたこと
躁転はしていない　しあわせとおもう
道端の木々とのたわいないおしゃべり
きのうは暑かった　きょうは風がふく
あしたは来ている　寝起きが悪くって
「モヨリノ」は無料のタウン誌
モヨリノ……に呼ばれて傷つく
モヨリノ……がいままで無かったから

泣きだす気持ちをなぐさめながら歩く
肩に乗る同行者に共感への可否を聞く
（まあそんなものでしょう）　父の声だ
首をかしげた老女が通り過ぎる
かしげた首は１００歳に見えるけれど
足取りはかなりたしか　かなり急ぎ足
前のめりに駅へ駅へ向かうやり過ごす
あちらもしかしてわたくし？
木立の向こうになつかしい家が見える
開かれている窓にたくさんの洗濯もの
健康な窓からの　かなりなメッセージ
（あなたの見ていないところでさわや
　かに暮らしています）
むかしむかしの　わたくしとそっくり
開かれた窓が　炸裂音でしまる

風がふく大雨がふる土砂降りどんどん
雨ですよむかしのわたくしならいった
いまのわたくしいってやらない
濡れた洗濯もの　の辛さをかんじる
なにひとつ　悪いことはしていない
大雨のシャワーのなかで怒鳴ってみる
たったひとつの善いこともしていない
大雨の窓が　怒鳴り返してきた
あれは愛しかった娘だ　きっとそうだ
旅の１日目　大雨どんどん

新年

愛をもって娘殺しをした
ふっと思いつく愛をもって父殺しをした
新年の彼は誰どき　逢魔がとき

1の娘は　死にたくなったと
　　　ひと声のこしていなくなる
2の娘は　あなたを殺してあげると
　　　ふた声のこしていなくなる
3の娘は　もうあなたを含めてなにもかも嫌
　　　み声のこしていなくなる

からっぽう　がらんどう
草食性もどきにおだやかであった黒ねこ
もういちど仲良しごっこのころに戻ろう
口をすべらした瞬間
豹変した黒ねこ
新年の沈黙をやぶる破裂音

愛をもって娘殺しをした
愛をもって父殺しをした長い長い時間
これから10年
娘殺しにさいなまれて
生きるのではなく
これから10年
父殺しにさいなまれて

生きるのではなく
娘に許しをこいながら生きるのではなく
父に許しをこいながら生きるのではなく
娘に感謝しながら生きるのでもなく
父に感謝しながら生きるのでもなく

明日も　ジムにいく
明日も　朝のウォーキング
朝の老女たち　まだ　まだ　まだと
いちべつしていくだろう

まだ　まだ　まだの間に
わたくし　きっと足長おじさんをみつける
きっと　きっと

天の岩戸から野原の野ねずみ

（天の岩戸）をやっている
戦いすんで日が暮れて　のあと
役者が入れ替わる
岩戸の中は輝くわがむすめ
かつて一度も豚児というような呼称はつけていない
運動不足と食べすぎと依存傾向でいくらか太めと思うけれど
愛しさは変わらない
かつて一度もむごい言葉をなげたりしていない
ある日　明るい昼
美しいむすめは髪を束ねきりりとした顔立ち

アイロンをかけたトップ
破れていないボトム
さわやかに新年のあいさつ
ふたりきりの台所で
もう　ふたりきりなのだから
おめでとう　とても素敵よ
Happy new year とだけ　いえばよかった
おめでとう　Xマスに焼けなかったチキンを焼いてね
届けましょう　あの方のところへ
あの方に　あなたのお相手探してもらいましょう
たったふたつが呼び寄せた暗転
岩戸の中へ駆け込む前に
輝くむすめが残したことば
（わたしを追いつめないでこんどこそ死にたくなった
ほんとうに）

はあ?　きょうは元旦
この1年はこうして始まってこうして終わる
とりあえず北風氏があらわれるまで
天の岩戸の前で踊って踊って踊って

わたくしは母　もしかしたら母ではない
もしかしたら　野原の野ねずみ
おやゆび姫に　もぐらの太めおしつけようとした

喪のカーテンをあける

榧《かや》の実元年と名づけた年が明けた　喪のカーテンを両腕であけた　薄い朝日が眩しい　風が冷たい　カーテンをあける力がもどってきている　薄い朝日と冷たい風に子分にしてあげる　かなり好きだといってみる　部屋のすみで朝寝をしていた黒ねこが手足を伸ばす　朝日と風にいったつもりだけれど　あなたも　どうぞ　黒ねこが欠伸をして背中を伸ばした

賀状を書かないでよい年のはじめ　徳川公屋敷あとの温泉にいった　木立の中のヒーリングプールに　カップル

がひと組　サングラスをかけて本を読む女とひとりで来ている男　わたくし　ひとりで来ている女その２　広くていいなあと思った途端に涙がこぼれた　父も母も弟も来たことがない　わたくしはあなた方をころした　どうか生き返ってほしい　わたくしの償いが終わるまで　善良な死者たちを思って泣いた　泣き疲れてヒーリングプールサイドの寝椅子で転寝した　体が冷え切る前にヒーリングプールから露天の内風呂に浸る　裸で大の字に寝ている目のやり場に困る女たちも　正月の座敷にいるのだろう　ひとりもいない　かわりに湯当たりが早い　内湯を通りぬけ　ロッカールームから広間のすみにいく転寝する

３人のあと　４人目を見送った９月20日を　椢の実元年にしているから　その年が明けた１月１日は　椢の実２

年1月1日になる　昼は中華レストランでひとりの食事　満腹になると幸せと思う　お腹がいっぱいだと泣けない　とりあえずニカッとしてからひとりになった口惜しさを噛みしめた
1の息子は　二度と会いたくないと出ていった　2の息子は　親の因果が子に報い　ここにお残りというならころしてあげるといった　そう聞こえた　3の息子ははじめからここに居なかったといった　ひとりひとりを追いかけていって　その言い草はなんだ　あなた方何様のつもり　金属バットで殴ってやろう　そうすればその日から安眠ができたろうにひとりもつかまらなかった

だから　口惜しさを死ぬまで噛みしめる羽目になった
世の中が末法になったとは思わない　わたくしだけ運が悪かったとも思わない　決断できなかったわたくしを

長い長い間持ちこたえてくれた父と母と弟に　感謝しな
がら生きようと思いはじめていた

わたくしは　律儀な父を律儀にころした　わたくしは
力持ちの母を力をこめてころした　わたくしは　愚直な
弟を愚直にころした　わたくしの　結婚相手はとんでも
ない悪党だった

さくら館へ

春になる前に　さくら館へいきたい
朝日かがやく
夕陽かがやく　さくら館へいって
黒湯につかり　背中の痛みなおすのではない
曲がったゆび　まっすぐにするのでもない
黒湯につかり　老女１　２　３の話の続き聞きたいから

さくら館へいきたい　２月
うちのには　お酒っていういいひとがいてね
結婚前から　だった　知らなかった

おかげで　わたしずっと外ではたらいていた
うちのと　いいひとのためにね
おかげで　1の息子は朝からいいひとといっしょ
おかげで　2の息子は結婚もしないで働きどおし
おかげで　3の息子ははやくに家出して
それから
それから
老女1　2　3が黒湯でのぼせる前に
湯あたりした　2月

朝日かがやく
夕陽かがやく　さくら館へいきたい
黒湯に足だけ　つかって
老女1　2　3の隣で　わたくしの物語はじめる
うちのにも　いいひとがいてね

結婚前から　だった　知らなかった
おかげで　1の娘は水ぶくれして
おかげで　2の娘は　きずだらけ
おかげで　3の娘はいまうたいます
　　　親の因果が子にむくい

朝日かがやく
夕陽かがやく　さくら館へいく
きっと　きっとさくら館へいく

さくら　桜山

4月はあわただしくやってきてカレンダーもめくりそこ
なっていた　日曜日　朝　桜山の桜は冷えた白い横顔
を　そこ　ここにいくつか　寒い春だ　寒い時代の夜明
け　わたくしは自分の不足に耐えられるようになったか
ら他者の不足を聴ける　きっと聴く　3月11日夜　安否
を気づかう友人からの電話があった　みんな無事　これ
はバベルの塔なの？
そう　地球全体のね　ゆれ幅の少ない友人がいる幸せ
ケータイに　だいじょうぶか　心配だからかけたんだ
別に　遠くの男友だちはもういらないんだ　旅の中ほ

ど　1のトポス桜山にふたたびたどり着く　いきつもどりつ3年間の行程　ときに老女で　ときに時めく主婦で　ときに家なき子で　まあいいか　このぐらいの加齢変化

まあいいでしょう　ああ　油断をした　父が　桜山黒松の上空あたりからウインクしてくる　父の名前はマツオ　祖父が鶴松で　次男マツオ　父の苦しみがかなりわかるいまごろ　わたくしの長かった40年の辛さより辛かったでしょうか父　やせ我慢の父　泣きそうになって引っ込む　とたんに泣きたくなる　水のように水のように泣きたくなる　泣かない　かわりに激しい身体症状で持ちこたえる　自我が認めたくない無意識　おだまりなさい　といっているつもりはないのに激しい胸の痛み　これはあなたの心臓病の痛み　聴いてあげなかった　わたくしの胸の痛みでしょうか母　むくれていないで答えて

ください母　母性の母　答えるかわりに　明け方の夢に
弟を送ってきた　弟　納戸の棚の上段の箱を　かくれん
ぼの従妹たちと開けた　弟　いづめこ人形の格好で箱の
中に納まっていた　すやすや眠って母に抱かれた弟　お
とうと　弟　おとうと　これでいいなんて　思わない
思わないから胸の痛み　もっと激しく　激しく　激し
く　桜山　冷たい　白い桜　横顔見せて　そこ　ここに
咲く　トポス1　桜山

桜巡り　たまがわ

六郷　河口まで　５キロ
土手ひだり岸　五分咲き　狂い咲きなく
　ヒマなんだ　朝から歩いてるんだ
　川はむかしより長くなったな
かごにいっぱい　つくしを摘むひと
　犬が多いから手をよく洗って
大師橋　橋がなかったころ渡し舟を見ていたひと
橋が架かったときに生まれたひとに会う
　どこから来たの？

むこうなら東京ここはかわさき
はじめて見ました　橋とどうろ
桜　どこですか?
小杉からバスに乗ってとどろき緑地
ホームグラウンドを走るチーム名何文字?
バスに乗らない　かわりに運転手にきく
チーム名かわさきフロンターレ　10文字
あってますか?
ハイ　バスに乗らないでいいの?
満開の桜　見ないでいいの?
たまがわ　亀の子山から　川を見る
光る川面　光る桜　光る子ども
亀の子山でいつかお花見しようと思って
もう目が見えなくて　咲いてますか?
まだ花見客のほうが少ない

じきに花見客がわっとわいてくる
ガス橋たもと無言の交番　二十一世紀桜並木と桜の碑文
となりの老女たちの名前を探してみる
五分咲き　いまがいちばんいい　あなたもそうだった
いつまでも五分咲き　隣にいるのは辛いもの
かまた駅　黒湯の匂い　さくら館が近づく
　天然温泉さくら館が近いけれど　いこうか？
　お風呂ならうちにある
（ああ　いけがみ線）はゆるゆる走って
（ああ　いけがみ線）をハミングしよう

いけがみ線からほんもんじ石段96段
下りるときの恐怖にたえて若さと老いにまぎれる
　真上から花盛りの桜の　海へ飛び込もうか
もうおそい　もっと早くやってほしかった

桜巡り　たまがわ

さくら　さくら　桜山

気温上昇　日曜日　朝　桜山あたり
縁日屋とお祭り屋　いざ出陣の思いふくれる
ドネルケバブの男　まだ来ていない
山ほどのむきだしの　ハム　たまご　キャベツ　ばなな
清流鮎焼きの　男とおんな　炭火もどきの明かり点灯
ふくらすずめのような肥満　とべない野鳩　ほふく前進
ベビーカステラ　大阪焼き
うちのは糖尿病だからなにもあげないでくださいの犬と
リードの先の飼い主　と立ち止まる　みなと街ステーキ
この騒ぎ　なにごとか　ひっつめ髪の祖母

右手に薙刀　お社のくらやみから出てくる
割烹着　たすきがけの母
紅しょうが　着色でないのはないの？
おお泣きしている弟　弟　おとうと
桜満開から12日
ひとも桜も犬もねこも小鳥も
なかまに飽きて桜に飽きて飽食にも飽きて
論語よみ論語しらずの父のもとに　ひとり　ふたり
武士はくわねど高楊枝　ときに嘘もほうべん
青菜に塩　論よりしょうこ　弟　りりしく立ち上がる
学生時代　学習塾でならう故事ことわざ
そもさんーせっぱの掛け声ごと教えられた
子どもたちには教えなかったわたくしと　弟　弟　おとうと
愛と憎しみの果てに桜は終わった
小石になって生きることにした

小石になって生きることの喜び
神もほとけも子守唄も要らない
ただひとつ小石になる夢
だれにも邪魔されない夢
ひとつの形容詞も要らない夢
希望も絶望も喜びも悲しみも要らない
こうして　ことしの桜　見終わる

朝のウォーキング　シダレヤナギ

むかし　むかしから　ねこおばさんの隣にいる
おばさん1とおばさん2が帰ったあと　おばさん3とお
ばさん4が来る前に　やさしさごっこに未練を残したね
こ　ねこ　ねこの背中をなでる
1周目の終わり　名前を呼ばれたと思うのはそら耳　ブ
レックファーストの老女たち　丸いおしりをこちらに向
けてクラブハウスサンドイッチをほおばっている　わた
くし　まだお呼ばれしていない
なぜなら　朝の食事をふたりでしなくてもいいひとたち

の集まりだからですって　わたくしのほう時間の問題な
のが伝わったのかどうか　とくべつに呼んであげよう
か？　老女のひとりがいってくれたけれど　いいえ　お
約束ですよ　そのときがくるまで　諭してくれたのは
さる方の奥さん　正しい老女の正しい朝のウォーキング
教えてくれた　基礎編　何だったかしら？
ブレックファーストを終えた老女から　お叱りの小石飛
んでくる　もっと　足を高く腕を大きく振ってお歩き
はい　わかっています　お返事は　はいだけですよ　は
い　はい　ほい
朝のウォーキング２周目にはいる　街道沿いシダレヤナ
ギの下のベンチ　かなり前から荷物の多い男の朝のベッ
ドがわりだ　嫌あね　あれは外国人だよ　花瓶にさした
花をみてごらん　とみ子さんが追い越しながらコメント
していった

シダレヤナギの芽吹くいま　枝先の芽吹きの下に見覚えのあるひと（お　ハッちゃんのお父さん）1年前　フレンチ・コッカスパニエル・ハチの腹部をなでた手のひらの記憶　柔らかい薄もも色のお腹に　ごつごつのかたまり　かたまり　ガンだよ　もう取れないんだ　よく歩けるねと医者がいう　運命だ仕方がない
（もうすぐうちも同じ運命）の　言葉を飲み込んだ　ひとと犬　同じでないから　そのあと　ハチとお父さんは消息を絶った　そのあと伝言ゲームが伝わった　ハッちゃんは生地フランスでゴルフをしていてカミナリに当たって　こちらの病院に転送された　運命だ　仕方ない
1年後のいま　シダレヤナギの芽吹きの下のベンチにハッちゃんのお父さん　リードの先の犬は甲斐犬・ハチ・生後3か月　運命に当たったのはひとではなくて犬　涙の量はどちらが多いか少ないかの問題ではなく

なりふり構わず助かって欲しいときだった　うちのほう
ゴールデン　ボーダー　ラブ　シェットランド　マウン
テン　リードの先に　飼い主つれて集まってくる　犬た
ちの朝のミーティング始まる
朝　さくら池のほとり　街道沿い　図書館横をすぎ桜山
の裾あたり　おーい　おはよう　きょうも生きてるな
手を振るひとがいる　けさのハラダさんはあぶないで
す　おい何周目だ？　朝から飲んでるぞ近寄るな
ハラダさんにハグされない　ハイタッチで別れる　3周
目のはじめ　さくら池　八幡さま下あたり　ステッキの
笑顔に腕をつかまれる　キミ　何周目なの？　転ばぬ先
のつえ　貸してあげようか
花桃の白がまぶしい　子ども時代の　おばあさんのアイ
ドルを卒業して　これから　おじいさんキラーの生き方
もある　選択肢が増えるのは　いいことだろう　きっ

と　ケヤキの上の空　ヒマラヤ杉の空から言葉が降って
くる「パンドラの箱」開いてから降って　こい

大嵐のあと　朝のウォーキング

物語の主人公たちが登場してくる朝
ラプンツェルは長いおさげ髪*
半分は白髪になって　首に巻きつけて
いらくさの籠を抱きしめだきしめ
坂道おりてゆく
老母の悲鳴が聞こえてくる

藤六とおっかさん
（はげしいふきぶり）の去った*
激しい戦いの終わった

安寧の桜山　木立のかたわらで
もしかして　ご主人さまとごいっしょですか？
そう聞こえた　もしかして　息子よ
もしかして　あなた　うちのひと
藤六は激しく嫌悪した

おっ　ハグリット自転車でやってくる*
長い時間の衝立と
硬い物語の扉を破って
ハグリット　街道　さくら池沿い遊歩道を爆走する
視線の先にポッターでなくて
愛する配偶者と子どもたちが待っている

ドン・キホーテ　ばば氏
サンチョ・パンサ　彼の妻

猟銃をヘルパーがささげ持ち
回復の賜物　北の野原のえもの蝦夷鹿のステーキ
わたくしバンビはいただけないの
美しい姫が泣きじゃくる

朝のウォーキングさくら池　周囲三回り
老女１　が教えてくれた
あの方　歩いて歩いて回復された
お元気になられて最後の旅にでられた
老女２　あの方も
老女３　あの方も

しっ！
しっ！
しっ！

＊ラプンツェル　『グリム童話』
＊藤六とおっかさん（はげしいふきぶり）　木下順二『ききみみずきん』
＊ハグリット　『ハリー・ポッター』

他人ごと

パトカーが来てる　何かあったんだ　いってみよう
何があったの？　足がおっこってたんだ　さくら池八幡様まえ
どこ？　ほらあそこ　棒さして探してるでしょ
見てると怒られる　さあ　さあ　歩いて歩いて
気をつけなさい　若い女がここらで　襲われたって
若づくりも限界で　親の代からのびんぼう暮らし
夜なら見えないの　注意しなさい　むかし松山では
くびつりがあった　知らないひとはいいけれど
いまはできないさ　松の木80メートルあるもの　うそ！
中の島じゃ男が　住みついて結婚して子ども生んで

男はいないの
何かあったの？
殺人事件ですか？
何かあったの？
足だけじゃないよ
子どもだって
ばあさんだって
なに　ばあさん
オレ　ここにいる
だいじょうぶです
おーい　橋のうえ
ロープはって
４人で　長い棒で
橋濡れているはず
橋のうえ乾いてる

みんな女がわるい　いつものこと　いい加減にして！
さくら池に足がおちてたんだ　いま棒さして探してる
しーっ！　聞こえるよ　身投げか！　投げ込みか！
さくら池に足がおちていたんです
まるごと１匹だって
そりゃ　たいへんだ
小さいわけだ
ならオレではないわけだ
ばあさん亡くして影うすくなって
教え子も80歳になりました
誰もいないけど
おまわりさんが４人　タンカ置いて
池の中探していました
池の中棒さして探してたもの
ロープなんかはってない

足探していました
4台だったけど
誰もいないし
交番ではおおぜい
片付いたからね
はあ　みんなで
まあ　池ですから
あら　嫌だ
きょうは7月6日
きょうは？

さっきパトカーが3台もいて
橋のうえ　ロープはって長い棒さして探してた
何もないし
みんなでお茶飲んでる
何もなかったんじゃないの？
見てたんですけれど
昔からいろいろありますから
嫌な話は聞きたくないの
あしたは七夕　覚えておこう
何日でした？　何かあったの？

桜山流れで*

桜山流れにいって泣きたかった木枯らしのころからセンダさんがさそってくれた春　いけなかったその年その日　センダさんは桜山流れにいきましょうといった　あなたに関係ないでしょ　センダさんは姿を消した　ヒルマさんが教えてあげる　いきたい理由を話してごらん　話せば楽になる話してごらん　一日中だって聞いてあげる　ヒルマさんに答えた　あなたが昼間さんだから話すのは嫌なんだ　ヒルマさんが昼間さんだから嫌　ヒルマさんも姿を消した
5月の朝　桜山をおりて桜が池をひとまわり街道を渡り

線路をくぐった　いままでだってひとり　これからもひとりでいい　きのうとおなじようにコンビニにいった　きょうのりんごとマフィンを買う　帰り道　線路をくぐるすこし手前　左におりる
広い坂道が　ふいに　はじめて「おりてごらん」幅広の声で呼んでくれた　広い坂道をおりた　おりきった左に　流れがあった　桜山流れが朝日を浴びて顔をだしていた　ああ　こんなところにあったんだ　流れの音といっしょに泣きたかった　桜山流れが見つかった
と
等身大の箱を担いだ女　重い（担いだ理由）重たい（担いだ理由）もうだめ　無理といいながら通った　笑う犬と　笑わないリードの先の飼い主の関係性は寒いな　すれ違うだけで　すり傷いくつか　カワニナ生息地の札を立てたひとらしきひと　ホタルが飛んだら　とんだら

とんだら　黄バラを咲かせたひと　カーテンの隙間から
花盗人の詮索でひがな一日　黄バラに聞く「しあわせ
？」咲かないアジサイの鉢いくつも並べたひとにお気の
毒さまといっていい？　ご愁傷さまといっていい？　楠
の小枝で桜山流れの石だたみを掃き掃除する男が箒を放
棄している理由　分からない　わからない
ふ
桜山流れ　の流れの音を聞きながら泣いて泣いて泣きた
かった　憎しみが薄らいでいくのか知りたかった　憎し
みは他者へではない　わたくし自身への憎しみ　悲しい
憎しみ　困った憎しみ　むごい憎しみ　どうしよう　ど
うしよう
ふ
荒地だ　荒野だ　気がつくと水を欲しがる子どもとせき
こむ子ども　気がつくと父と母が水を欲しがりせきこん

だまま　どうしたの　どうしよう　だれか教えてくださ
い　教えて　教えて　教えてください　10人のおば達
ジャンジャン半鐘鳴らせば　おっとり刀　つかんで（や
っちゃん　あなたの選んだのが荒地で荒野）（逃げるの
よ　父と母と子ども達つれてはやく　はやく　荒地と荒
野の外側まで）
ふ
加齢してない（若気の労わり）のおば達に　心をこめて
断った　父と母の家であった　ここトポス　父と母を残
していったらどうなるのでしょう　子ども達を残してい
ったらどうなるのでしょう？
あ
桜山流れ　をはねる鴇色の鯉が口を開いて話をはじめ
た　おお　鯉の身の上話を聞ける　鯉の身の上話を聞い
たら　あなたも鯉になるでしょう　鯉でも　いいかなと

思ったら　あなた　これからずっと鯉のまま　センダさんが教えてくれた巨体の鯉から離れて
桜山流れ　に沿って歩き続ける　桜山流れ　が石だたみの下　暗渠になった先の　バス通りを渡った先に　お寺　久世観音のあるお寺　ヒルマさんが　坊さんの話は聞かなくていいから　お茶とお菓子をごちそうしてあげるから　きっと来るんだよといったお寺ここにあったんだ　ヒルマさんが　昼間さんだから話したくない　会いたくない　桜山流れがどこへ流れていくのか　知らない　しらない

＊桜山流れ　洗足流れ。東京都大田区にある水路のこと。水路沿いには桜の木が植えられ、美しい散歩道になっている。

相談室

どしゃぶりの雨の中　相談室の扉をあける
鈍色のドアノブ　オーク材の扉が重たい
重い扉をあける力がなくなったとき
どうするかをはじめに教えられている

相談員のT氏のおおぶりの机のうえに
アイビーの蔓で編んだ肩掛けポシェットから
白い腕をとりだす

またやったな！

なぜ任せる生き方ができない
むりやり引きずって　いま娘はどうしている?

いま　娘は泣いていません
いま　傷口にマーキュロをぬって雄雄しく
　　立ちあがりました
いま　娘は女女しい母を征伐にきます

とにかく消毒しよう
いそいで帰って娘にかえすこと
娘の人生は　指1本から娘のもの

相談室をでるために扉に手をかける
回転扉はいきおいよく　わたくしを
道路にほうり投げる

西日の当たる白い道路
どしゃぶりの雨がわたくしを流していく

おうちがだんだん遠くなる
おうちがだんだん遠くなる

緑の木陰の相談室

T氏は神懸かってきた
暑苦しい空気のような　もっと違うような
潮目に立って振り返りをしよう

＊

ぼくだけを信じなさい
（徹底的傾聴も必要なのです）
ぼくだけを信じないなら入室させない
（クローズなら張り紙してください）
してはいけないことがある数数

（せめて歳の数だけにしていただけませんか？）
教えてあげよう
あきらめること　夢と希望と期待
　夢（深層に隠しましょう）
　希望（神を拾うのですか）
　期待（死者たちの再生は期待しません）
見限ること　あなた自身
（終の住処をさがしましょう　明日から）
言い訳を可能にするシェルターの空きはない
（不可能の扉をたたきなさいということですか？）
言い訳にマスクを……ではない
言い訳はしてはならない
（民主主義の申し子ですけれど）
１００の質問をしていいかな？
（Ｙｅｓ　Ｎｏでおねがいします）

ぼくは窓からにげださない
（足の続く限りおいかけます　窓の
　あけかたぐらい教えてください）
違う　限りなく　走ることではない
（あるかなきかの判断能力はあるようです）
ひとつだけ提案しよう
外出はやめて部屋にとじこもること
（相談室のクローズですか？）
ぼくだけを信じなさい
（先生が１０００の迷わ肢に思えます）

見る　見た　走った

白ねこが　つま先立ちで通りすぎていった夜
父の夢見手になった
ふたつ目の家の２階の部屋で
セーラー服をきて　椅子にかけているのは私
「キミは横顔がいい　お父さんはキミの
ポートレートを神田へ行って売ってくる
キミをスキーに行かせてあげたいから」
父は　片目をつぶってみせた
「はい　ポーズ」
白ねこが　左手をあげた

黄ねこが　左手をあげて通りすぎていった夜
母の夢見手になった
数年暮らした田舎の畑のすぐ下の道
中年になった母が年増の私の隣で畑を見上げた
「おいしそうな西瓜　お父さんが好きだから
　わけてもらおうか　どうする？」
黄ねこが　ベランダから階下におちた
すっとーん　黄ねこをむねに受けとめた
「知らなーい」
母を　西瓜畑の下の道路においてきてしまった

黒ねこが　けんけんしながら通りすぎていった夜
弟が公園のスプリンクラーを見ていた
「かなりいいできだ」

高く澄んだ弟の声を聞いた
弟は　その後ゆっくり2階建ての白い建物の
内階段をのぼっていった
夢見手の私は弟を斜め上から見ていた
2階の床にふとんをしいて人がたくさん寝ていた
ふとんのひとつに弟が寝ることがわかった
黒ねこが　笑いながら駆けていった

トマトの苗から

初夏
トマトの苗を
愛するひとへの贈りもの
苗にリボンを結んでラッピングした

苗が育っていく健気さ
花がついたときの喜び
値段にみあう
収穫の喜び

感謝される日を待ちきれなくなったある日
微笑みを用意する間もなかった

ありがとう
とんだものをいただいて
あなたの苗は育ちが悪くて
あなたの苗はようやくみすぼらしい花をつけたけれど
あなたの苗はとうとう実をひとつもつけなかった
わたしが買った苗は採算があうだけ収穫
できるはずだったけれど
あなたの苗に邪魔されて
あなたのトマトの苗は
夏の間　わたしの庭の邪魔者であった
もう決して　くださいますな
愛に見せかけたあなたの悪意

夏の終わり

トマトの苗にことづけた意味がもっとわかる

殺したいほどあなたが憎い
わたしを飲み込もうとするから
さあ憎みなさい　愛しているなら

なんとおっしゃる子羊ちゃん
丸々としたあなた
飲み込もうとしても小骨がのどにつかえて
それは到底できやしない

わたくしたちに秋がくる
殿方馬の骨はいかが　といっているのは

あなたでしょうか
いいえ　あなたでしょう

薄赤いトマトの香りがした朝

朝　薄赤いトマトの香りが　どの部屋にもいっぱいであった　異臭症のあと無臭症で苦しんだあとだった　惨いとしかいいようのない別れをして3年経っていた　哀れなという想いが膨らんだり凋んだりしながら3年間を過ごした　3年経って哀れな相手を選んでしまったわたくしへの報いを　償いに変えよう　そんな想いをときには持つようになっていた
固い青いトマトではない　薄くあかるんだトマトの香りは　1の部屋でも2の部屋でも　呼吸をするたびに香ってきた　いいのかな?　わたくしだけ　あえかな贈り

物　薄赤いトマトの香りを
洗濯物を干している間にも　ねこにごはんをやったあとにも　ココアを飲みながら新聞を読んでいる間にも　新聞紙の香りやココアの香りのかわりにトマトの香りを呼吸していた　いいのかな？　わたくしだけしあわせであって
父の不安と母の恐怖を色濃くひき受けて　わたくしは生まれてきていた　父の不安は　父の不運であり母の恐怖であった　思いがけないほどの長寿に恵まれた父が　何度か酷い悪態をついた　ばあさんが悪い　12で嫁に来て13で生んだ子は育たなかった　14で生んだボクの兄は大学は出たけれど　44歳まで生きたけれど一度も働いたことがなかった　ボクは長男ではないけれど　ばあさんと兄と5人の妹たちの面倒をみなければならなかった　体だけの兄と派手な着物を着たがる妹5人　ボクは教員

をやめて家を売ってしまった　可哀相にキミのお母さん
はカズオ君を田舎の間借りの家で生んだ　ボクが神田の
露店で本を売っている間に
わたくしにものごころついたときから　５人のおばたち
は口を揃えてうたっていた
（あなたたちだけお菓子をいっぱい食べて）

園丁の　日

きょう　園丁の日
いさぎよく　こきみよく鋏をつかう躁転の日
草と木と花の来歴をきく

1の草　話せば長いことながら　ぎらぎらの夏3人の子の父が海辺の家をもつT氏に家計の苦しさを救う海釣りがしたいと頼みこみ実現した出会いがあってT氏は増えて増えてしかたのないそんなものもっていかないほうがいいですよといったにもかかわらず青いたまねぎ状の球

形が土の上に押し合いへし合いするはじめて見ました珍しいこれをいただいていいですかとたしかめた3人の子の母が後生大事に運んできてこの地に生きてはや40年嵐もあった日照りもあったこの4年のあいだに4人の死者を見送った

2の木　長女であったが家なき子でくらした娘がある日ある昼さがりほこり立つ路上でアラジンをたぶらかそうとした魔法使いのような口調の老女にこれ娘さんこれこそ正真正銘りんごの木1年たてば白い花が咲き3年たてばバンいっぱいのりんごが実るりんごごとバンにのって家出なさいなたった百円きりりりんごの木早いもの勝ちよあなたの家出と財産になるりんごの木口上つきで着地しはや20年見あげる大木に白い花ざかり通算数個の赤いプラムが実っておかげで娘はあいかわらず家の中での家な

き子母は園丁にもなれず植木屋も雇えずどうするつもり
だろ

3の花　一代目は草性白花であったから針ねずみ状の実
をつけ種はそれぞれもらわれていった翌年この家の種蒔
き忘れて根絶やしになり気の毒がった知人が木性黄花の
わたし植えていき徒長枝を切って水につければすぐ根が
生えて増えること増えることトランペット形の黄花夕方
からの一夜花が数知れず咲きそろいかつてトランペット
吹きだった老父でかしたでかしたと褒めあげいい気分で
この花天使のトランペットと名指された挙句草取りをす
る草地が侵食されたと被害妄想の老母は「このように濃
い香りの花はきっとわたしを家からおいだすつもりだ
ろ」と涙にくれた10年前いま思えば草性木性の問題では
なく8人家族泥船にのったコアの一家族を親家族が辛く

も支え親家族の解体後コア家族はあっというまに霧散し
たわたし木性黄花は種などひとつもつけやしない

病みねこにミルクを飲ませながら

病みねこに哺乳ビンでミルクを飲ませながら
どうしてこんなことをしなければならないの
あばれるねこに爪をたてられながら

病みねこに幼ねこ用ミルクを飲ませながら
凶事の時代に　こんなことしていていいの
1の娘に訊いてみた

ねこよりあなた自身に問題があるのでしょう

病みねこに温めたゴールデンミルクを飲ませながら
意味のないことだったらやめたいのだけれど
2の娘に訊いてみた

ねこがねこをやめるよりあなたがあなたをやめるのが先でしょ

病みねこにそれでもミルクを飲ませながら
さしあたって　ねこを助けたいのだけれど
3の娘に訊いてみた

あなたが飼い主をやめればねこは助かるでしょう

病みねこに冷めたミルクを飲ませながら
どうして　こんなことになったのかしら
4の娘に訊いてみた

あなたの成育歴に由来するのだからあなたの母が
よく知ってるでしょう

5の娘には訊いてみなかった
母にあうため　墓にはいるつもりは　とうぶんないもの
この歳で

朝　桜山で　結界1に立つ

猛暑のあくる日からはじまった秋　旅のなかほどかと思う　1の結界に入る　あるいは入らない　パピヨンを抱く女がいたからではなく　棒術をする男が大気を破っていたからでもなく　結界1のたたずまいを感じることが妥当かどうか　朝の老女が行方不明だ　一輪車の男がもってきたはずの伝言を池へ落としてきた　伝言がわざと落とされたのかどうか　伝言に期待した答えが書かれていたのかどうか不明

けれども信じる　寄りかかる衝立がない身だから　ここ

は1の結界桜山　ギシキをはじめる　直立のまま　両目をつぶる　おお　忘れ物に気づく　黒ねこの朝ごはんまだ　ほっておく　ねこは勝手に冷蔵庫をあけられる　勝手に朝ごはん　やってるだろう

目覚まし時計のオフボタンの押し忘れ　かまやしない　叩き起こされた隣人がやってきて　窓から入ってきて　目覚まし時計をほうり投げる　時計が壊れるか壊れないか　かまやしない　父の形見の目覚まし時計　かまやしない　母のだってある　弟のだってある　オフボタン押し忘れた　旅のなかほど　朝の目覚まし時計壊れたってかまやしない　辛かった日々　それは青髭公の妻の恐怖にくらした日々と気づいた朝

1の結界桜山　心に降りそそぐことばを聞く　心を開

く　青髭公の妻の恐怖にくらした日々の心の痛み　痛み
の重さに凍りついた日々の心の痛み　いくつもの相談室
を訪ねても治らなかった心の痛み　とりあえず庭のドク
ダミ　笹　はっか　柿の葉　ビワの葉で薬湯をつくって
浸してきた心の痛み　いま　結界1桜山に　痛みを開く

風が吹きはじめる　犬が登ってくる　犬のリードの先の
ひとも登ってくる　おお　ここは結界1ではなくなる
おお　だから結界1にしていく　大急ぎ青空から降って
くることばを聞く　心を開く

風が大騒ぎ　朝の　結界1　桜山を　吹き飛ばした　パ
ピヨンを抱く女　棒術をする男　伝言を託したはずの老
女　一輪車の男にまぎれて　そそくさと行方をくらまそ
う　1の結界　朝の桜山　ラジオ体操がはじまる

朝の聞き做《な》し

朝はくもり空　50年かわることのない太鼓の音で目が覚めた　父母の家は　T教会の隣の　公園前にありつづけた　50年も　父母から逃げられなかった悲しみと哀しみ　朝7時　いつものように太鼓の音が語った　とりあえず裏切りを繰り返したひとりの死者への憎しみを脱いで　父母と弟への「喪の作業*」にはいってみたらいいとりあえず　水のように　水のように　洪水のように乾いた涙をこぼしながら　いきつくところをきめるのではなく　水のように　水のように　甘やかな涙をこぼすプロセスを受けとめていく

静かな変化は　２人のカウンセラーが見守ってくれる　ときには　勇ましい人だ　ときには　いいでしょう　相手が悪すぎた　といいながら　空ではなく殻の脱ぎ方を　受容でささえてくれる　とりあえず太鼓の音の　聞き做し　をする　とりあえず

しずまれ　しずまれ　朝のことばだ　日がのぼる　風がふく　立ちあがれ　立ちあがれ　手よ　足よ　手よ　足よ　さあ　ねこの尻尾をもって立ちあがれ

うす曇りの昼　Ｓ公園へ原稿用紙をもってでかけた　２枚書いたところで公園裏山へのぼる　裏山の階段は遊具ウォーターシュートがあったところだ　子どもたちといっしょに　小さな池に飛びこむ短いウォーターシュートに乗ったことがある　３人の鼓動を両腕に感じながら仕

事を探さなければ　だから職業訓練校にいこうと思って
いたころだ

裏山の椎の木の下で椎の実を拾う　8歳のころ自分を見限ったさびしさから椎の実を拾いつづけた　祖母は空腹ではないさびしさを察して　椎の実を火鉢のほうろくでいってくれた　そのとき　母は父を見限ってなお母自身を見限って生きようとしていた　老いを生きる日　母は親不孝したからこんなに辛い目にあうのかしらと泣いた

S公園が遊園地だった夏　おどろおどろしい幟が立ちおどろおどろしい呼びこみをするお化け屋敷ができたどうしても入りたい　どうしても入れない　おお泣きするわたくしの子どものひとりを抱きひとりを背負い　母はお化け屋敷を完全踏破した　ナンダサカこんなサカ

ハミングしながら隣を歩いた　S公園が遊園地だった夏　母が同じ目にあいなさんなといってくれたら　いまこんなに辛い目にあっていないだろうと思う

母の厚着がまだ脱げないということだろう　原稿用紙は破って捨てた　明日　朝7時　T教会の太鼓の音の　聞き做し　を聞き直しする　とりあえず

＊喪の作業　フロイト

O町へ

O町は哀しい町だ
2番目の家を売った父が3番目の家を探して
夕方の薄暗がりを歩いた町だ
10円玉と同じ大きさの胃潰瘍をかかえた父が
夜更けに帰ってきて話した
O町の家は買うのをよそうと思う
あそこは崖の下だった
崖の上には女優さんの家があった
お付きあいも大変だろうし
もうすこし田舎のほうに決めようと思う

母は横を向いたまま
わたしそっちのほうが好き
正義をいったつもりだった
弟が　ばかやろうといって出ていった
それっきり弟は帰ってこなかった

O町は哀しい町だ
弟が大怪我をして命があぶなかったとき
大柄な弟を華奢な叔父が背負って
O町病院へ走った町だ　なぜ父が
救急車を呼ばなかったのだろう　なぜ叔父が
父に　にんぴにんといったのだろう
小柄な美しい叔父が父に　貴様人殺しといった
背の高い父が叔父に　人殺しはキミだといった
おお泣きをしておお泣きをした母は

それっきり泣き女になったまま

O町は鉄塔の下にいまもある
路地の奥に　お稲荷さんがあって
買い物かごの中からお揚げがなくなったり
わたしの影がなくなったりする
それくらいはまだいいほうよ
うちのひとが消えてしまった
よかったじゃないといわれてもね
そういってる従姉がいる

時がすべる

時がすべっていく
静かな轟音をたてて時がすべる
時がすべる　時が統べる
目眩の数秒をすぎて　わかる
ふとした弾みで彼らの中の間抜けな奴が
そいつの小指を敷居の角にぶつけたその一瞬
時のすべりが遅くなり静かな轟音にかすかな軋みを加えた
目眩から回復する　と
かすかな軋みをもっとかすかにして
時が静かな轟音をもっとけたたましく

すべっていく後ろ姿を見た
テーブルの上の広げたままの新聞
飲みかけのココア　お皿の上のぶどうの皮
床には読みかけの詩誌　詩集　絵本
実用書をまくらに朝寝坊する黒ねこ
壁ぎわに花器と８本のこけし人形
平凡と安寧と退屈の　ほこりに塗れた部屋で
夢みがちな父　金のほこりの錬金の儀式はじめる
夢うつつの母　ほこりも体にいいみたいスプーンもって
嗚呼　平凡と安寧と退屈の　わたくし
時が静かな轟音をたててすべっていったあと
寒夜の祖母の物語で聞いた　かまいたちに
やられていないだろうか　体のあちこちに
痛みを訊いて　みる
背中　だいじょうぶ

胸の中心部　かるい痛み
両腕　かるく重だるい
両足　だいじょうぶ
目　左目　二分の一視野が欠ける
これらは時が轟音をたてすべっていったことに由来する
いいかえると加齢変化でしょうか
いいえ　いいえ　いいえ
生身がそよ風に吹かれてもおきること
秋　轟音をたてすべる時をやりすごし
旅を続けるつもり　ヒグラシ激しく鳴いた

本詩集刊行にあたり、棚沢永子様、思潮社の皆様にお世話になりました。

森やすこ（森保子）

一九九七年　詩集『一番町、起立』（花神社）
二〇〇九年　詩集『おお　大変』（花神社）
「WHO'S」「きょうは詩人」「ｓｐａｃｅ」参加

さくら館《かん》へ

著　者　森《もり》やすこ
発行者　小田久郎
発行所　株式会社思潮社
〒一六二―〇八四二　東京都新宿区市谷砂土原町三―十五
電話〇三（三二六七）八一五三（営業）・八一四一（編集）
ＦＡＸ〇三（三二六七）八一四二
印　刷　三報社印刷株式会社
製　本　小高製本工業株式会社
発行日　二〇一三年四月三十日